D0687176

What Can You Do with a Rebozo?

¿Qué puedes hacer con un rebozo?

BY / POR Carmen Tafolla

ILLUSTRATED BY / ILUSTRACIONES DE Amy Córdova

TRICYCLE PRESS
BERKELEY

Spanish translation by Aurora Hernandez

 Published in the United States by Tricycle Press, an imprint of Random House Children's Books, a division of Random House, Inc, New York.
www.randomhouse.com/kids

Tricycle Press and the Tricycle Press colophon are registered trademarks of Random House, Inc.

Library of Congress Cataloging-in-Publication Data:

Tafolla, Carmen. 1951-
What Can You Do with a Rebozo? / by Carmen Tafolla.
p. cm.
Summary: A spunky, young Mexican American girl explains the many uses of her mother's red rebozo. or long scarf.
1. Mexican Americans--Juvenile literature. [1. Mexican Americans--Fiction. 2. Scarves--Fiction. 3. Stories in rhyme.] I. Title.
PZ8.3.T114915Wh 2007
[E]--dc22
2006039624

ISBN 978-1-58246-270-7

Printed in China

Design by Katie Jennings
Typeset in Mother Hen and Adriatic
The illustrations in this book were rendered in acrylic on paper.

4 5 6 7 8 9 — 15 14 13 12 11 10

First Edition

To Ariana:
May you dance, invent,
and embrace life.

A Ariana:
Que bailes, inventes
y disfrutes de la vida.

—C.T.

To my dear sister, Cari,
who once upon a time, a long time ago,
dreamed of owning an elephant!

A mi querida hermana, Cari,
que una vez, hace mucho tiempo,
¡tenía el sueño de ser dueña de un elefante!

—A.C.

What can you DO with a rebozo?

Mama spreads it like a butterfly to
pretty up her dress for Sunday morning...

¿Qué puedes HACER con un rebozo?

Los domingos, Mamá lo extiende como alas de
mariposa. Vestida así, parece aún más hermosa.

or wraps it into a cozy cradle for
baby brother, so her hands are free...

to weave a braid for me!

O lo convierte en cálida cuna para cargar
a mi hermanito.

Y con sus manos libres, me trenza el pelo apretadito.

Baby brother ducks under a rebozo to play hide-and-seek!
And do a peekaboo peek!

A mi hermano le encanta esconderse bajo el rebozo.
¡Te veo! ¡Te veo! ¡Ay, qué chistoso!

Big sister twirls a rebozo 'round and 'round
and ropes it through her shiny hair.

Mi hermana mayor lo entrelaza en su cabello
que peina y brilla y luce tan bello.

Grandma uses hers to keep
the cold away on winter nights.

It's nice and warm in there!

En noches frías Abuela
me abriga y encuentro—

¡Qué calientito y suave
se siente ahí dentro!

Yesterday Tío wiped up a spill
with Mama's blue rebozo.
And I helped, too!

Ayer Tío limpió algo tirado,
¡y yo también ayudé!

Pero usó el rebozo de Mamá.
¡Y lo dejó manchado, yo sé!

It was full of sticky, red ketchup spots,
but Daddy washed it clean as new!

Estaba lleno de manchas,
¡pero Papi lo lavó!

Y el rebozo de Mamá,
nuevecito y limpio quedó.

On my birthday we swung
a piñata up into the tree
and wound the rebozo over our eyes.

En mi cumpleaños el rebozo
tapó nuestros ojos,

When we burst that big ball of treats
out came a yummy surprise!

y al romper la piñata
¡salieron dulces deliciosos!

You can turn it into a secret tunnel,
if you have two chairs...

or a sash for a pirate at sea!

Si lo cuelgas entre dos sillas, se hace un túnel secreto.

O es un fajín para pirata,
que navega en mar abierto.

Or even a flying cape—

Hasta puede ser capa de héroe,

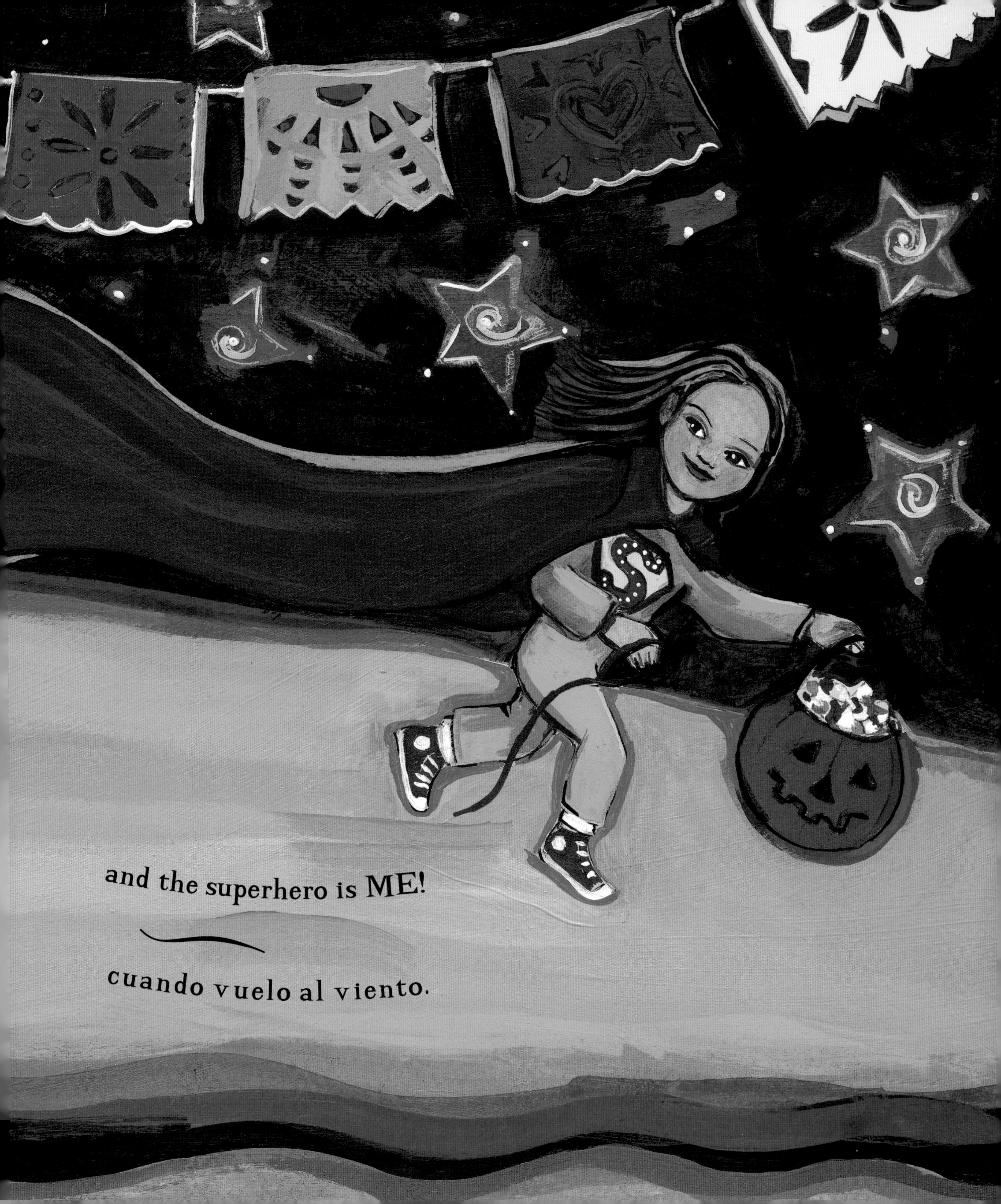

and the superhero is ME!

cuando vuelo al viento.

When my puppy didn't feel good,
I made him a bandage, all nicely tied

And when my cousins turned
my room into a playground,
it became a long, red slide.

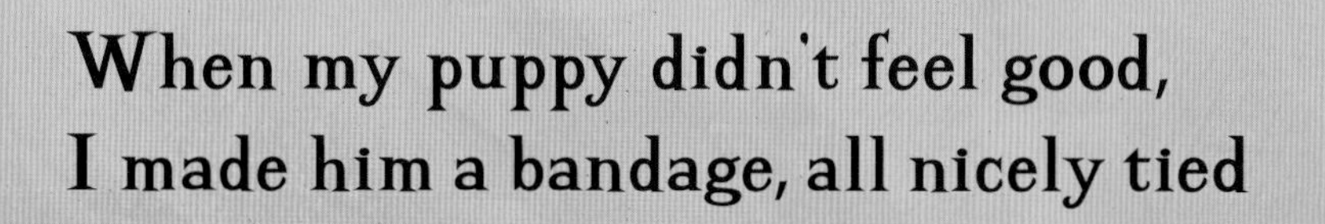

Si mi perro está enfermo,
¡en el rebozo lo envuelvo!

Y cuando mis primos vienen
a mi cuarto a visitar,
lo convertimos en un parque,
¡con resbaladilla para jugar!

But what I like to do most with a rebozo is DANCE!

La Bamba, my favorite dance.

I dance… and dance… and DANCE with my rebozo.

I swirl and I leap…

Pero lo que más me gusta hacer
con un lindo rebozo
es **BAILAR**!

Y bailar a un ritmo sabroso.

A La Bamba, mi favorito, bailo y bailo
con mi rebozo amado.

Brinco…giro…
vuelo…salto…

until I'm so tired
that I fall fast asleep
on Mama's bed,
where she covers me...

hasta que caigo en la cama
de Mamá, rendida,

tan cansada que quedo bien
dormida.

Y Mamá me cubre en gesto
amoroso

oh so gently
with her
red rebozo.

con su lindo
y muy rojo
rebozo.

About Rebozos

For centuries, women in Mexico have known that a rebozo (pronounced reh-bóh-soh), or Mexican shawl, can be remarkably handy. Rebozos are used for everything from dressing up for a party to carrying firewood. A rebozo can become a quick umbrella, a beautiful cape to swirl at a village folk dance, or a sling for parents to carry their babies.

Rebozos are made of the finest silk or everyday cotton. They are woven in factories or sewn by hand. In the old days, some rebozo factories wove real gold threads into their rebozos to make them into very special gifts. Today, many Latina women wear rebozos to weddings, fiestas, and quinceañeras.

Sobre los Rebozos

Desde hace ya siglos, las mujeres de México han sabido que un rebozo, o chal mexicano, puede ser de lo más útil. Los rebozos se usan para todo, desde ponerse elegante para ir a una fiesta hasta cargar leña para una hoguera. Un rebozo se puede convertir en un paraguas, una capa maravillosa para un baile folclórico en el pueblo o una mochila en la que los padres llevan a sus bebés.

Los rebozos pueden estar hechos de seda muy fina o de algodón corriente. Se pueden hacer a mano o a máquina. Antiguamente, algunas fábricas hacían rebozos con verdaderos hilos de oro para que fueran regalos muy especiales, En la actualidad, muchas mujeres latinas se ponen rebozos para ir a las bodas, fiestas y quinceañeras.

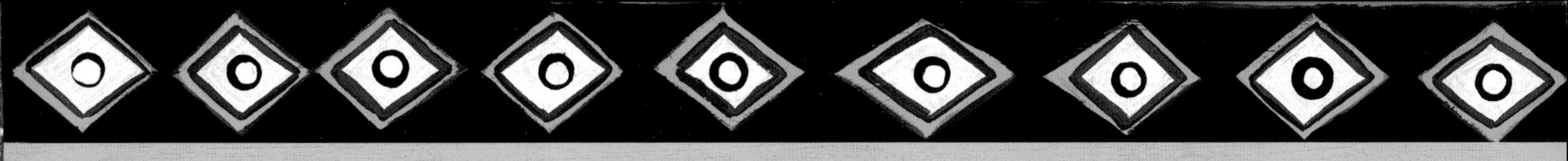

What can YOU do with a Rebozo?

What is the silliest thing
you can do with a rebozo?

What is the most practical?

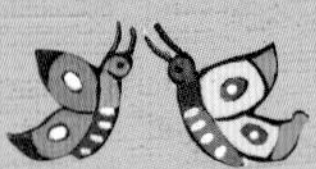

The most beautiful?

The most creative?

¿Qué puedes hacer tú con un Rebozo?

¿Qué es lo más divertido que puedes hacer con un rebozo?

¿Qué es lo más práctico?

¿Lo más lindo?

¿Lo más creativo?